APPEL

AUX HAYTIENS,

OU

RIPOSTE

A L'ATTAQUE IMPREVUE de la Cour Royale de Bordeaux et de Mr. Martignac, Avocat.

Par François Desrivieres CHANLATTE.

AU PORT-AU-PRINCE,

DE L'IMPRIMERIE DU GOUVERNEMENT.

(1817.)

✳✳✳✳✳✳✳✳✳✳✳✳✳✳✳✳✳✳✳✳✳✳✳

APPEL AUX HAYTIENS,

OU

RIPOSTE

À L'ATTAQUE IMPREVUE de la Cour Royale de Bordeaux & de Mr. Martignac, Avocat.

———◁◆◇◆◇◆◇◆◇◆▷———

HAYTIENS! vous l'avez entendu. Au mépris de votre inébranlable détermination, au mépris de vos nobles efforts dans la lutte que vous avez soutenue pour récouvrer les droits inaliénables de l'homme, au mépris du vœu fortement prononcé de tout un peuple qui veut conserver sa liberté, une voix rauque et glapissante, sortie du dédale ténébreux de la chicane, vient insolemment frapper vos oreilles et plonger vos esprits dans la stupeur. Quoi donc! serait-il dit, qu'abusant de notre bonne-foi, de notre loyauté, de notre générosité, les Français fissent revivre des droits sur nos belles contrées, et que les enfans du Soleil baissassent leurs regards à l'aspect embrumé de leurs impitoyables tyrans! Ne savent-ils pas, ces êtres orgueilleux, que ces hommes qu'ils méprisent, que ces hommes qu'ils ravalent comme les plus viles créatures de l'Eternel, jouissent des mêmes facultés corporelles et intellectuelles accordées au premier et au plus noble ouvrage de la création animée? Ne savent-ils pas que nous possédons tous les moyens propres à faire respecter les droits imprescriptibles que nous tenons comme eux du Créateur? Déjà, nous avons mesuré nos forces ; ils doivent savoir ce que nous pouvons et les avantages que nous avons au-dessus d'eux, dans notre pays natal. Nés, à leur honte, sous le régime affreux de l'esclavage, nous sommes parvenus à briser nos chaînes. Armés de ces chaînes, nous avons, en désespérés, appesanti nos bras sur leurs coupables têtes, et leur sang impur a ruisselé dans nos villes et dans nos champs.

Les français avaient fait savoir au monde entier qu'ils avaient aussi brisé leurs chaînes ; qu'ils s'étaient fait justice de leurs oppresseurs ; mais ils n'ont pu conserver leur liberté. Après s'être remis sous le joug, ils ont voulu y faire rentrer leurs anciens compatriotes et camarades d'armes, qui avaient combattu vaillamment, au-delà des mers, les ennemis de la République française... O honte éternelle au nom Français !...

J'en appèle à tout être impartial, à tout jurisconsulte éclairé ; j'en appèle à tous les hommes raisonnables. Il s'agit d'une question, peut-être, la plus importante au genre-humain, puisqu'elle sert de base à la tranquillité des nations.

" Un peuple, formant une partie détachée d'un au-
" tre peuple, par l'immensité des mers, a-t-il le droit de
" se déclarer indépendant, lorsqu'il prend la ferme réso-
" lution de se régir par ses propres lois ? "

La question ainsi posée, il faut la discuter d'abord sous tous les rapports de la propriété reconnue légitime par la raison.

La France forme dans le 16e. siècle une colonie à Saint-Domingue. Cette île lui appartenait-elle ? Non, puisqu'à sa découverte elle était habitée par un peuple très-nombreux. Ce peuple a été détruit par les Espagnols; mais il ne s'ensuit pas que la destruction de tout un peuple, légitime la propri té dont on s'est emparée de lui de vive force. Il a fallu remplacer par des africains les naturels du pays dévasté. Une injustice en attira une plus grande. Victimes innocentes des plus cruelles atteintes faites aux droits naturels de l'homme, les africains et leurs descendans ont gémi, durant plus de deux siècles, sous le fouet de l'inexorable colon. La France, prenant enfin part à leurs souffrances, les déclara libres, par un Acte authentique. Leur ayant accordé les droits de citoyens français, avait-elle le pouvoir de les leur retirer pour les remettre dans l'esclavage ? C'est ce qu'elle fit, et ce fut une autre injustice. Fallait-il que le peuple rendu à la liberté rentrât dans la servitude ? Il défendit ses droits, manifestement reconnus ; et pour ne plus être soumis à de vains caprices, pour ne plus être le jouet des injustices les plus révoltantes, il se déclara indépendant de ce qu'on appelaitla Métropole.

Il est indubitable que dans de telles conjonctures, il a fallu repousser la force par la force ; commettre en représailles les crimes les plus horribles ; opposer à la violation de la foi donnée et de l'engagement le plus solennel ; à la réitération des plus criantes vexations, la justice la plus implacable et la plus effrayante dans son exécution pleine et entière.

S'il faut envisager cette grande question sous les rapports de la politique, on verra qu'il est de la plus grande utilité au Gouvernement français d'abandonner entièrement ses ridicules prétentions sur Haïti ; mais nous ne prendrons pas la peine de nous étendre sur un sujet que des français même ont développé dans différens écrits.

D'autant plus, que la France porte un instant ses regards sur toute l'Amérique. Elle y verra le système colonial sapé de toute part. Cet édifice, périssant de vétusté, s'écroule sous les coups redoublés que lui porte la philanthropie. Toutes les colonies de l'Espagne se sont dégagées du joug ignominieux sous lequel elles étaient courbées. Vénézuéla, Buénos-Ayres et le Mexique ont, par des actes émanés de leurs Gouvernemens respectifs, aboli l'esclavage à jamais. Le Brésil s'est aussi élevé à la hauteur des circonstances. Le siècle présent ne se sera pas écoulé, qu'à la réparation de l'honneur entaché du genre-humain, les hommes de toutes les couleurs seront libres dans tout l'univers.

Le Pérou et le Chili se sont aussi remués. L'étendard de la liberté a réuni la plus grande partie des habitans de ces vastes contrées, et de nouvelles républiques remplaceront d'affreux Gouvernemens, qui régissaient avec une verge de fer les infortunés Américains.

Malgré l'impossibilité de pouvoir subjuguer l'Amérique, qui, d'un accord unanime, réclame ses droits naturels et inaliénables ; malgré que la saine raison ait prouvé que les prétentions sur des colonies ne sont fondées que sur la force et l'injustice, un Arrêt de la Cour Royale de Bordeaux nous déclare REBELLES à l'autorité du Roi de France.

Haïtiens ! on nous traite de rebelles !... Le peuple qui se révolte contre son souverain est considéré comme rebelle : c'est là, il est vrai, la signification de ce terme. Mais, je demande, qu'entend-on par le mot PEUPLE ? --- " Un peuple est une multitude d'hommes LIBRES " d'un MEME pays, qui vivent sous les MEMES lois. "

Il faut remonter à l'origine des choses. Le peuple

actuel d'Haïti n'était, avant la Révolution française, qu'un composé d'esclaves ou d'hommes soi-disant libres, mais qui ne jouissaient pas des droits de citoyens. L'homme blanc n'admettant pas d'égalité entre lui et le noir ou son descendant d'une couleur différente de la blanche, on ne peut, en aucune manière, donner à des esclaves ou à des affranchis le nom de peuple, puisqu'ils n'avaient pas, comme leurs maîtres ou ci-devant maîtres blancs, la jouissance des droits civils et politiques : car, ceux-ci auraient été humiliés que leurs esclaves ou leurs affranchis eussent été englobés dans cette dénomination. Par conséquent, nous n'étions donc pas compris dans ce qu'on appelait le peuple français. Nous ne vivions pas sous les mêmes lois, puisqu'il y avait des lois ou des codes particuliers qui nous régissaient. Nous n'étions pas d'un même pays, puisque la France est à près de deux mille lieues de l'île d'Haïti. Que l'on considère la signification de ce terme sous tous ses points de vue, on verra et l'on dira, sans partialité, qu'Haïti n'a jamais pu faire partie de la France. Donc, si Haïti n'a pu faire partie de la France ; si les habitans actuels de cette île n'ont pu prendre le titre de peuple français, comment l'épithète de rebelles peut-elle leur être donnée ? Haïti n'étant pas la France ; ses habitans ne formant pas le peuple français, ni même n'ayant pu former une partie de ce peuple, puisqu'ils n'étaient pas libres, comment pourrait-on nous considérer comme rebelles ?

Il est assez avilissant, déshonorant même pour les Européens, qu'ils persistent, jusques à ce jour, à maintenir l'esclavage. La force et la ruse leur a donné des esclaves, mais non pas la justice et l'humanité. La force n'est pas un droit, ni ne peut en tenir lieu. Elle conserve ce qu'elle a usurpé ; mais si les hommes ne peuvent être la propriété de leurs semblables ; si, par la force et par l'injustice, les Européens ont retiré d'Afrique les malheureux esclaves qui défrichaient et cultivaient les terres qu'ils avaient envahies ; si, par leurs lois, ils ne les ont jamais regardés comme des êtres qui avaient reçu la raison en partage : comment peut-on se récrier sur le parti qu'ils ont pris de briser leurs fers, et de redevenir ce qu'ils étaient avant qu'on ne les privât de leur liberté ?

Nous n'avons pas usurpé de Gouvernement, nous en avons formé un, et nous avons tous juré à la face du ciel et des hommes, de le maintenir, de le défendre et de périr jusques au dernier, plutôt que de voir y porter atteinte. Malheur donc au téméraire qui concevrait l'affreux projet de vouloir renverser l'œuvre de notre Indépendance ! ..., Nous voulons fortement ce que nous avons résolu. Des expéditions peuvent être dirigées contre notre patrie ; elle peut devenir la proie du fer et de la flamme : mais quand nous devrions même endurer les plus grandes fatigues et les plus dures privations, nous aurons du moins la douce satisfaction de laisser après nous des défenseurs, des hommes au-dessus des souffrances de l'humanité, dont le cœur et l'âme, endurcis par les calamités et par les plus terribles infortunes, soutiendront la gloire du peuple d'Haïti. Ce peuple préférera mourir libre, pour revivre avec gloire et honneur dans la postérité, plutôt que de couler d'inutiles jours dans l'humiliation, dans l'esclavage, dans les travaux forcés et sous le fouet des exécuteurs de la justice des furies.

Aucune puissance ne nous a reconnus. Il est extraordinaire qu'il faille une reconnaissance des Puissances Européennes pour savoir que le peuple haïtien est libre, et qu'il se gouverne par ses propres lois ? Nous n'avons aucun acte de reconnaissance de ce genre chez les anciens. Carthage était une colonie tyrienne ; Rome était une colonie troyenne : elle fut soumise à des colons goths et vandales ; la Grèce, dans tous les changemens de gouvernemens qu'elle a éprouvés, avait été une colonie formée par divers fondateurs ; la France, l'Angleterre, l'Espagne ; en un mot, presque toute l'Europe a été conquise, successivement, par des troupes féroces de brigands, qui s'y sont fixés colonialement. Peut-on nous produire un seul titre échappé au tems, qui fasse foi de pareilles reconnaissances ? Les seuls États-Unis d'Amérique ont eu des titres d'indépendance de la plupart des États européens ; mais en avaient-ils de toubesoin pour se croire réellement indépendans et dégagés te domination étrangère ? Certes, Franklin et Washington n'eurent pas une semblable idée lorsqu'ils firent prendre les armes à leurs compatriotes pour le soutien des droits de l'Amérique anglaise.

Un seul cas ne peut faire loi. Les nations européennes nous ont la plupart reconnus, puisqu'elles admettent notre pavillon dans leurs ports ; qu'elles respectent les citoyens d'Haïti qui voyagent chez elles ; que quelques-unes d'entre elles ont même envoyé des agens près de nous, et qu'elles entretiennent des relations commerciales avec notre île. Elles n'ont eu rien à nous reprocher jusques à ce jour. Leurs citoyens ont reçu de nous asile et protection ; le commerce qu'ils ont fait à Haïti, a été sous l'égide des lois et basé sur la probité et l'honneur.

Comment peut-on avancer que " si le Roi de France
" tolère des relations commerciales avec cette malheu-
" reuse colonie, c'est en faveur des propriétaires, victi-
" mes des troubles qui l'ont ravagée ; et que si les doua-
" nes françaises exigent ou admettent la preuve du paie-

" ment des droits d'entrée et de sortie des denrées de
" cette île, c'est seulement pour en constater l'origine,
" sans reconnaître la légitimité de la perception de ces
" droits ? "

Le Roi des français ne sait-il pas que les colons ne
sont pas plus propriétaires à Haïti, que les anciens nobles ne le sont des terres qu'ils avaient en France ? Du
reste, quels bénéfices retirent-ils de ce commerce, qui
se fait, dit-on, en faveur de ces Crésus dégraissés ? se-
rait-ce que les commerçans leur fissent part de ceux
qu'ils en retirent ? — Ces monstres se sont assez payés
du sang et des sueurs de ces malheureux qu'ils ont été
arracher de leur pays natal : ils ne méritent aucune
commisération.

Le reste du paragraphe cité ci-dessus est du dernier ridicule. On dirait que la Cour Royale compare les
douanes françaises à de certaines gens qui recèlent
furtivement les objets précieux que d'autres honnêtes
gens de la même espèce ont escroqués, mais qui, en
les recevant, ne reconnaissent pas la légitimité du vol :
car, de la manière dont elle s'exprime, le commerce de
France avec Haïti ressemblerait à une action déshon-
nête, puisqu'on ne reconnaît pas qu'il est légitime, et que
l'on persiste néanmoins à le faire.

Non, Messieurs de la Cour Royale, le Roi de France n'est pas notre légitime souverain, nous l'avons déjà
dit à tout l'Univers. Le chef qui gouverne la République d'Haïti, s'appèle Alexandre PÉTION. Il est Président d'Haïti et a été nommé à vie. Les services signalés
qu'il a rendus à la patrie, ses vertus et ses inestimables
qualités, lui ont attiré l'estime et l'attachement de tous
ses concitoyens. La patrie reconnaissante l'a récompensé
de tout ce qu'il a fait pour elle.

Nous avons pu former une République, puisque nous en avons une, et par conséquent, un Gouvernement et un pouvoir judiciaire. Vouloir nous prouver le contraire, serait renverser toutes les idées reçues sur l'existence ou la non-existence des choses ; mais nous fesons bonnement comme ce philosophe, qui, disputant avec un homme entiché du pyrrhonisme, se contenta de marcher devant lui pour lui prouver le mouvement, et qu'il était une machine ambulante et existante.

Mr. Martignac, Avocat de Bordeaux, dans un mémoire qu'il a fait pour la défense du Capitaine russe Hoog, contre Mr. Draveman, négociant français, au lieu de défendre la cause de son client, en ne s'écartant pas du sujet de la contestation qui existait entre ces deux étrangers, a osé insulter tout un peuple, qui ne lui a donné aucun sujet d'exhaler sa colère contre lui. Je n'entrerai dans aucun détail au sujet des différends qui se sont élevés entre ces deux hommes, parce qu'il est presque de toute impossibilité de pouvoir, consciencieusement, décider, comme on a fait, sur des affaires litigieuses, où l'on met à contribution tant de livres de jurisprudence, dont il n'est pas un seul article qui ne soit susceptible d'être interprêté de plusieurs manières par différens avocats.

Mr. Martignac, au lieu de dénigrer d'un ton si ridicule " les petites pièces de cuivre à peine blanchies, et " auxquelles il a plu au Président de la République " d'Haïti d'assigner la valeur d'un quart de gourde, " ne devrait-il pas de préférence soupirer amèrement au souvenir des mandats et des assignats que la France avait échangés contre les monnaies d'or et d'argent qui circulaient en France, dans le tems dénommé de la terreur ? D'ailleurs ne sait-il pas que dans beaucoup de pays on ne se sert même pas de monnaie frappée, pour signe représentatif de la valeur des objets? Les Spartiates n'eurent durant fort long-tems que des monnaies de fer. Cependant je suis certain que Mr. Martignac, en lisant les auteurs grecs, n'a jamais pensé à jeter du ridicule sur ce peuple vertueux. Il a, peut-être, plus d'une fois loué Lycurgue sous ce rapport.

La République d'Haïti s'est trouvée dans la dure nécessité d'avoir recours à la circulation de ces petites monnaies. Chaque Etat a eu ses momens de prospérité, ses momens de calamités. Mais sous peu, une autre monnaie au titre de l'Ordonnance remplacera celle qui existe actuellement.

Au lieu de discuter sur la légalité ou sur l'illégalité des Tribunaux de la République d'Haïti, à l'égard des jugemens rendus par eux, pour ou contre des français, ne serait-il pas plus convenable que les français s'abstinssent entièrement de venir faire le commerce avec Haïti, plutôt que de ne pas se soumettre, comme les autres étrangers, aux lois du pays? Qu'ils se souviennent que nous ne les avons pas appelés dans nos ports; qu'ils y viennent sous des pavillons masqués; qu'ils sont contraints de se procurer des papiers d'une autre nation que de la leur. Ils doivent ne pas ignorer que le pavillon français est proscrit chez nous, et que c'est nous qui ne voulons pas le recevoir. Il est donc fort plaisant qu'ils nous disent actuellement que le Roi de France ne permet pas ce commerce, et qu'il ne souffrirait pas que les bâtimens français fussent expédiés dans les ports de France pour ceux de la République d'Haïti.

Le commerce français était oublié des Haïtiens. Nous avions entièrement perdu de vue l'usage de tous

ces objets de luxe, qui, depuis peu, se trouvent répan-
dus dans toutes nos demeures. Nous ne portions plus
des habits de drap de Sédan, de Louviers ; mais les mar-
chandises de manufacture anglaise nous suffisaient. Nous
y étions accoutumés. Le commerce anglais nous a toujours fourni les objets les plus nécessaires, ceux même
qui nous sont indispensables. Le commerce américain
nous fournit des comestibles et des bois de construction.
Ces deux nations ont toujours pris part à notre situa-
tion. La France, au contraire, a été et sera toujours
notre ennemie implacable. Si elle n'a pas vomi sur
nos plages ses hordes homicides, c'est qu'elle a été dans
l'impossibilité d'entreprendre une expédition contre
Haïti. Elle attend avec impatience le moment propice à
l'exécution de ses plans de dévastation et de destruction.
Il paraîtrait même qu'elle a juré l'anéantissement total
des habitans de cette île. Si elle permet tacitement le
commerce avec Haïti, c'est dans l'espoir d'en retirer de
grands profits, et ces profits deviendront des armes que
nous lui aurons fournies pour nous faire la guerre.

Voici déjà deux ambassades ou députations que le
Roi de France a envoyées auprès du Président d'Haïti.
La première a été désavouée, mais la seconde a eu sa
sanction. La France a pu s'imprégner de l'idée que nous
sommes imperturbables dans les résolutions que nous
avons prises, et que nous sommes dans la ferme dé-
cision de nous ensevelir sous les ruines de nos pénates,
plutôt que de jamais nous remettre sous une domination étrangère.

Notre terre est FATALE : oui, elle le sera toujours
à la France, tant qu'elle aura l'intention de vouloir y
mettre un pied hostile et sacrilège ; mais elle ne le
sera pas au commerçant probe, au citoyen paisible qui

y viendra chercher un asile contre les poursuites dirigées contre lui, pour cause d'opinion différente de celle de son Gouvernement.

SAINT-DOMINGUE EST SORTIE DU SANG ET DES CENDRES SOUS LE NOM DE REPUBLIQUE D'HAYTI. Qui peut douter un seul instant d'une vérité si palpable ? Les français ne l'ont-ils pas imbibée de notre sang et du leur ; n'ont-ils pas, de concert avec nous, détruit et incendié ces champs qui devinrent ceux du carnage ?

Le parvenu voit avec répugnance les vêtemens de son premier état ; ceci n'est pas surprenant, car on n'aime pas à voir devant les yeux ce qui rappèle le souvenir d'une condition vile dont on est sorti. Mais que des hommes, naguère déchaînés républicains, voient avec horreur LES ARBRES DE LA LIBERTE, les mots de REPUBLIQUE, de LIBERTE, D'EGALITE, ceci surpasse toute compréhension. On ne peut croire qu'ils soient de bonne foi lorsqu'ils vous disent que ces mots ont de l'analogie avec ceux de FUREUR et de CARNAGE.

Il est particulier que des personnes en France aient la bonhommie de croire que notre Gouvernement a quelque rapport à de certains Gouvernemens où quand un étranger arrive, il se voit entouré de mouchards très-polis qui lui tiennent compagnie jusqu'à ce qu'il en sorte. Les français qui sont retournés dans leur pays, après avoir séjourné plusieurs mois à Haïti, peuvent dire s'ils y ont été vexés en aucune manière, et s'ils n'y ont pas joui d'une plus grande liberté qu'en France.

On a voulu ridiculiser les hommes probes qui composent le Tribunal de première instance de cette ville. Mr. Martignac dit qu'ils y jouent le rôle de juges. Mais je pense que tout membre d'un Tribunal n'a d'autre rôle à jouer que celui de juge. Nous jouons tous un rôle dans ce bas-monde, et je crois que celui d'un méchant satyrique est le pire de tous.

Il serait humiliant de redresser Mr. Martignac toutes les fois qu'il l'a pu mériter dans son Mémoire. Nous nous contenterons de lui dire que le Roi de France a beau s'INTERESSER AU SOL D'UNE COLONIE QUI, (dit-il,) LUI APPARTIENT ET QUI RENTRERA SOUS SA DOMINATION, nous ne rétrograderons jamais dans la carrière que nous parcourons.

Haïtiens! percés profondément du trait le plus aigu. vous avez gémi de la conduite perfide de vos anciens persécuteurs. Ils aiguisent de nouvelles armes pour les diriger contre vous. ILS N'ONT RIEN APPRIS ET ILS N'ONT SU RIEN OUBLIER. Ils ont été accablés des mêmes calamités qu'ils ont fait éprouver aux autres, et l'expérience a encore plus endurci leurs cœurs de bronze. On avait présumé qu'ils deviendraient plus modérés; qu'ils ne penseraient qu'à co-opérer au bonheur de tous les peuples, en général : mais nous devons être actuellement persuadés qu'ils nous conservent une haîne éternelle ; que leur intention est d'employer tous leurs efforts afin de nous remettre sous le joug, dès qu'ils présumeront en avoir les moyens. Mais nous ne craignons rien d'eux ; nous bravons leurs menaces.

Ne prêtons plus l'oreille à de feintes paroles, à de perfides promesses de reconnaissance et de rapprochement. S'il est permis de s'exprimer ainsi : aoyns pour eux autant d'éloignement, puisqu'ils le veulent, qu'il y a de distance entre les deux peuples.

F I N.